KB051494

아무것도
안 하는 날

아무것도 안 하는 날

초판 1쇄 2018년 8월 10일
초판 4쇄 2024년 2월 1일

글쓴이 | 김선우
펴낸곳 | 도서출판 단비
펴낸이 | 김준연
편 집 | 최유정
등 록 | 2003년 3월 24일(제2012-000149호)
주 소 | 경기도 고양시 일산서구 고양대로 724-17, 304동 2503호(일산동, 산들마을)
전 화 | 02-322-0268
팩 스 | 02-322-0271
전자우편 | rainwelcome@hanmail.net

ISBN 979-11-6350-000-1   03810
값 9,000원

아무것도 안 하는 날

김선우 시집

단비
danbi

차례

2부
넘어지면 하늘을 보자

3부
하늘나라 우체국

1부
작은 희망에게

시시해도 시다

'꿈도 못 꾸게 네모상자 교실에
구겨 넣어져 네모가 된 내 얼굴,
숨도 못 쉬겠다.'

어제 쓴 시를
짝에게 보여 주었다

녀석은 어깨를 한번 들썩하더니
이렇게 시시한 것도 시가 되냐? 그리고 니 얼굴이 네모인 게 왜
교실 탓이냐?
이런다

시시해도 되기 때문에 시라고
나는 말했다

그래도 이런 게 시면 너무 시시하다고 녀석이 다시 말했다

이건 시다!
나는 버럭 외쳤다

남들한텐 시시해도 나한텐 시시하지 않으니까!

그랬더니 녀석은 씨익 웃고는 내 어깨를 툭 쳤다
오늘은 자기가 매운 떡볶이를 사겠다고 했다

할머니의 시

"할머니, 지금 뭣하러 글자를 배우려고 해?"
"김옥분. 내 이름 글자가 어떤지 궁금하단다."

할머니가 입원하기 직전까지 가장 열심이었던 건
한글 배우기였다 나는 할머니가 말씀처럼
이름자가 궁금한가 보다, 라고만 생각했다
기력 없이 아프신 중에도 필통을 찾던 할머니,
올해 내 생일에 열라고 당부한 카드 봉투 뒷면엔
'김옥분이가'라고 쓰여 있다 카드 안엔 이 한 줄,

'할매가 내 강아지 마이 사랑헌다.'

말은 사라지니까,
사랑한다는 말이 사라지는 게 싫어서,
우리는 글자를 만들고 시를 쓰게 된 게 아닐까?

사랑하는 내 할머니는 지금 하늘나라에 계신다
할머니가 내게 써 준 시처럼 계신다

외롭다는 것
- 눈사람 있던 자리처럼

소중한 무언가 나를 떠난 것처럼 느껴질 때
외로운가 보다

친하다고 생각한 친구가
나 아닌 다른 친구와 더 친해 보일 때
나는 외로운가 보다

나하고도 친구고 다른 애하고도 친구일 수 있는데
나하고만 제일 친했으면 싶은 마음
욕심이겠지

괜히 쓸쓸한 이런 날엔
내 쓸쓸함을 빈 화분에 심는다
물을 주고 시를 읽어 주며 찬찬히 바라본다

그러면 금방 알게 되지
소중히 여길 수 있는 누군가
곁에 있다는 것만으로
이미 충분하다는 걸

오늘은 빈 화분에 쓸쓸함을 심은 날
물을 주며 내 쓸쓸함을 지켜본 날
마음이 잘 보이는 이런 날에
내 영혼이 한 뼘 더 자라나는 느낌이 든다

맑게 갠 어느 날 문득 알게 되는
눈사람 있던 자리처럼

안녕, 외로운 날아, 고마워
덕분에 내일은 외롭지 않겠어

어렵게 씌어진 시

학교에서 「쉽게 씌어진 시」를 배웠습니다
"인생은 살기 어렵다는데
시가 이렇게 쉽게 씌어지는 것은
부끄러운 일이다"
이 연을 읽으면서 울 뻔했습니다

일제 식민지의 현실을 다 알 수는 없지만
나도 동주 시인처럼 인생이 살기 어렵다고 느낍니다
시는 아마도 꿈일 텐데
꿈꾸기가 너무 어려워서 지금 나는
쉽게 씌어지는 시를 상상도 할 수 없습니다

지금은 식민지시대도 아닌데
꿈조차 꾸지 못하고 산다는 게
나를 부끄럽게 합니다

나도 별에 대한 시를 쓰고 싶습니다
춤추는 별을 마음에 품고 싶습니다

동주 시인께

저도요

별을 노래하는 마음으로

나와 내 친구들을
사랑하겠습니다

가족

있잖아, 나는
우리 엄마아빠를 많이 사랑하는데 말야
엄마와 내가 눈이 쏙 빼닮았다거나
얼굴형과 코가 아빠 판박이라든가
그래서가 아니야

(설마 엄마아빠가 나를 사랑하는 게
고작 핏줄이기 때문만은 아니겠지?)

있잖아, 내가
엄마아빠를 많이 사랑하는 이유는
우리가 "함께 살고!" 있기 때문이야
기쁜 일 슬픈 일 함께 나누고
어려운 일이 생기면 서로 지켜 주면서

사랑하면서 함께 사는 사람들이
가족이니까

작은 희망에게

희망은
서로에게 연결되려는 나지막한 음파 같은 것
거창하고 먼 데서 생기지 않는다

희망은
애쓰고 노력하면서
발명해 가는 것

희망은
발명하면 언젠가는 발견하게 되고
발명하지 못하면
발견하지도 못하게 되는 것

희망은
포기하지 않고 끊임없이
오늘의 나지막한 음파를 너에게 보내는 것

목련나무우체국

저렇게 고운 편지 봉투가
저렇게 환하게 가득한

꽃핀 목련나무를 본 봄날엔
흰 종이에 정성들여 편지를 쓰고 싶다

뽀얀 봉투에 편지지를 곱게 넣어
발신인 '목련나무우체국'이라고 쓰고 싶다

목련꽃봉오리처럼 환한 등불을
너의 마음에 켤 수 있으면 좋겠다

무너진다는 것과 자기를 지킨다는 것

처음엔 시시한 상처였지 개구쟁이 아이가 처음 배운
새총 쏘기를 하다가 유리창에 작은 돌멩이를 날린 것 같은,
창은 생각보다 두꺼워서 그저 아주 작은 흠집 하나가
살짝 난 정도였고 하늘은 맑았지

여기 흠집이 있군 (시작은 이렇게 사소했어)
오 이런, 어쩌다가…… 저런!
하늘도 맑은데 웬 흠집이라지?
집주인이 속상하겠군, 쯧쯧!
주인에게 알려 줘야 하지 않겠나?

오가는 사람들이 한마디씩 하면서
무심코 들여다보거나 만져 본 흠집이
점점점 자라나 어느 날 와르르 유리창이 부서져 내렸어
아주 작은 흠집 하나에 대해 한마디씩 하던 사람들은
그 유리창을 잊은 지 이미 오래였어

걱정 마 구름

기분이 울적하면 하늘을 본다
"걱정 마!" 내 기분을 알고 스르르 내려온
흰 구름을 옆구리에 끼고 걷는다
"미래를 지금 걱정한다고 뭐가 달라지냐? 그지?"
흰 구름이 씨익 웃으며 *끄덕끄덕*,
"지구 저쪽에서 내가 들은 속담 전해 줄게.
─ 걱정을 해서 걱정이 없어지면 걱정이 없겠네!"

걱정 마 구름은 끊임없이 흐르고 흩어진다
구름은 집을 만들지도 벽을 세우지도 않는다
한군데 정착해 고여 살지 않으니 꼰대가 될 리 없는 흰 구름

기분이 울적한 날이면 119 부르듯 걱정 마 구름을 부른다
"뭐 먹고 살려고 이 모양이냐? 세상이 그리 만만한 것 같으냐?"
어른들 이야기를 듣고 있으면 자꾸 움츠러들어서 숨이 막히거든

"오지 않은 시간 때문에 겁먹게 하지 마요, 제발
난요, 굶어 죽지 않을 자신은 있다고요!"

그냥 좀 믿어 주면 되는데 왜 그렇게 달달 볶는지
미래는 불안하니 미리 대비해라,
꿈같은 소리 말고 정신 똑바로 차려라,
그냥 좀 지켜봐 주면 안 될까?
남들보다 좀 느리지만 나는
한 걸음 한 걸음 내 걸음으로 가고 있는데

말 통하는 사람이 없어서 가슴이 답답할 때
걱정 마 구름이 나와 함께 걷는다
위로하는 척하지만 실은 위협하는,
딱딱한 말들은 제발 그만 안녕
그런 날엔 흰 구름하고만 길 가고 싶다

* 걱정을 해서 걱정이 없어지면 걱정이 없겠다 : 티베트 속담

슬픔을 대하는 지혜

아침의 할머니가 말했어
슬픔은 숭고한 감정이란다
슬픔을 느낄 줄 알기에
인간은 보다 인간다워졌지
슬픔이 찾아오면 깊이 포옹하렴

점심의 할머니가 말했어
슬픔을 너무 오래 방치하면 늪이 된단다
슬픔의 늪은 전염력이 강해서
한 번 빠지면 나오고 싶지 않아지지
습관이 된 슬픔은 인간을 나약하게 한단다

저녁의 할머니가 말했어
슬픔을 깊이 느끼되
슬픔의 끝을 생각하렴
진짜 슬픔은 깊고 짧다
스스로에게 즐거움을 주어 슬픔을
벗어나는 지혜를 연습하렴

벼랑에서

켜켜이 뿌리내린 풀들이 있다
활처럼 몸을 당긴 나무들이 있다
새집이 있고 새들이 있다
구름들의 응급실이 있고
바람의 노래가 있고
펄럭이는 공기의 붕대 위에 날마다
새롭게 적히는 시들이 있다

벼랑이 벼랑인 것에 절망해
자기를 무너뜨릴까 봐
벼랑엔 아주 많은 것들이 산다

우리가 모두 하나씩의 벼랑인 것을
알고 있는 벼랑에서
풀이 돋고 꽃이 피고
나무가 자라고 새들이 알을 낳는다

벼랑에 사는 모두가
벼랑의 시를 읽으며
벼랑을 지킨다

고백

봄이어서 세상이 온통 푸를 때에도 내 마음 한쪽엔 겨울이 있다
여름이어서 짜릿한 금빛일 때에도 내 마음 한쪽엔 겨울이 있다
가을이어서 따스한 열매 냄새가 풍길 때에도 내 마음 한쪽엔 겨울이 있다

내 마음속 겨울이 언제 생긴 건지 모르지 않지만,
안다고 하고 싶지도 않다

내가 관여할 수 없는 어른들의 세계가 내게 겨울을 주었다
내가 선택하지 않았지만 어느새 내 속에 제멋대로 둥지를 튼 겨울

어른이 되면 나의 겨울도 사라질까?
엄마 없는 빈자리에 그림자 하나를 놓아 두었다
그림자가 가끔 말 걸어 온다
어서 일어나 학교 가야지.
이제 오니? 추웠지? 어서 와, 밥 먹자.

내 마음속 겨울이 너무 많이 춥지는 않게
지켜 주는 그림자에게 가끔 속삭인다, 파이팅! 이라고

새처럼, 은 새의 입장에서 어떻게 들릴까?

새처럼 자유롭게, 란 얼마나 무책임한 말인가?

오늘 아침 등굣길 비둘기는 무거워 보였다
양 날개에 돌맹이를 매단 것 같은 날갯짓으로
전철역 교각 사이를 힘겹게 날던 비둘기
이쪽에서 저쪽으로 옮겨 앉을 때마다
쿵, 소리가 들리는 것 같았다

하루 종일 그 새가 눈에 밟혔다

날개에 얹은 무거운 돌을 떼어 내 주고 싶었다
복잡한 도시 밖으로 날려 보내
'새처럼 자유롭게'를 완성하고 싶었다

내 어깨를 유독 자주 만져 본 날이기도 했다

오늘

여기는 경유지가 아니다.

여기를 저 높은 문을 위해 인내해야 하는
경유지라고 말하는 어른들이 있다면
침묵할 것을 요청한다.

나는 내 책상 위에
최선을 다해 오늘의 꽃과 태양을 그린다.

여기는 내일로 가는 경유지가 아니다.

나는 날마다 꽃핀다.

내 말을 완전히 이해하는 나의 태양과 함께.

다른 사람이 보기에 덜 핀 꽃이어도
나는 여기에서
완전하다.

나와 만난 내가 또 다른 나를 꿈꾼다면

- 믿든지 말든지 내 알 바 아니지만, 진짜 했다고요. 타임워프!
수업시간 깜빡, 조는 중에 그 일이 떠억! 진짜 딱 3초 끄떡, 졸았는데 말이죠.
미래의 나는 근사했어요. 자자, 받아 적어라 응? 미래의 내가 오늘의 내게 하신 말씀.
이거야말로 빨간 밑줄 쫘악 형광펜 별 다섯 개 그릴 만한 사건.
미래의 나는 지금의 나보다 나이가 많고 지혜로웠으니 분명 '말씀'이었죠!

다른 사람의 기준이 아니라
오직 내 기준에서
더 나은 내가 될 수 있기를 바라

자신만의 기준으로
스스로를 변화시키는 건
정말 멋진 일

어제는 오늘의 내가 좋았고
오늘은 내일의 내가 좋다면
내일은 오늘 내가 꿈꾸고 행동한
바로 그 사람이 되어 있을 테니까

어제의 내가 오늘의 나에게
손 내밀었듯이
오늘의 나는 내일의 내 손을
꽉 잡을 거다

꽃받침에 대하여

꽃받침이 있어서 꽃이 예쁘다

꽃이 예쁘게 피는 건
믿는 구석이 있기 때문이다
꽃받침이 든든하게 받쳐 주는 걸 아니까
꽃은 더 활짝
맘껏 예쁘게 필 수 있는 거다

꽃과 꽃받침이
서로를 믿고 소중히 생각할 때
비로소 꽃이 핀다

꽃받침까지 포함해야
꽃이라는 거다

봄
– 너는 나의 봄이야

나야 나야 어쩌냐? 왤케 종일 졸리냐?
춘곤증 식곤증 아이고 졸려라

봄이다 봄이 왔다 봄이라서 졸리냐?
잘 먹고 푹 잘 때 애들은 키가 큰다는데,
나야 나야 나도 애다 쿨쿨 자고 쑥쑥 크고 싶다

수업시간엔 졸려서 미치겠다가도
어라, 이건 웬일까?
쉬는 시간엔 눈이 번쩍!

조느라 자느라 봄이 휙 지나가면
너를 보는 시간이 줄어드니
아까워서 그런 걸까?

나야 나야 나는야 눈 비비고 널 볼 테다!

여름
- 너에게

여름의 냄새가 나기 시작해

달콤하고 시원한,
씩씩하고 명랑한,
여름의 냄새

세상엔 아주 많은 아름다운 말들이 있지
여름의 문 앞에서
나는 세 개의 단어를 너에게 보내려 해

용기, 사랑, 자유
내가 좋아하는 인디언 노래와 함께

"나무처럼 높이 걸어라
산처럼 강하게 살아라
봄바람처럼 부드러워라
네 심장에 여름날의 온기를 간직해라
그러면 위대한 혼이 언제나 너와 함께 있으리라"

봄의 미소를 잊지 않은 채

여름의 품으로 활기차게 걸어갈 거야
너와 함께 갈 거야

너를 위해 나는 바람

바람 같은
나비 같은
꿀벌 같은
이름 모르는 작고 가벼운 날벌레 같은

그런 존재들이 있어야
꽃은
열매를 맺는다

꽃이 열매를 맺어야
또다시 꽃이 필 수 있다

세상이라는 꽃밭에
우리는 서로서로 기대어 있다

때로는 내가 꽃이고 네가 바람이고
때로는 네가 꽃이고 내가 나비이고

서로의 곁에 있는 너와 내가
꽃밭의 중심이다

꽃밭에는 수없이 많은
중심들이 있어
찬란한 꽃밭의 역사가 이어져 간다

내가 처음 글쓰기에 재미를 붙였을 때

서랍이 많은 책상을 갖고 싶었어
이야기와 비밀이 많을수록
산도 바다도 더 깊어지고 아름다워진다고 믿었거든

일기 쓰는 걸 좋아했어
일기장에 이름을 붙이고 날마다 이름을 불렀어
안녕, 키티! 오늘은 기분이 어때?
(키티는 그 무렵 내가 사랑했던 안네프랑크의 일기장 이름이야)

정복하는 나라의 통치자보다 정복당한 나라의 사람들이
어떻게 지내는지 궁금했어
'마지막 수업'을 읽으며 펑펑 울었어
우리말을 쓸 수 없었던 일제시대를 떠올리면
억울해서 눈물이 났어
어려서부터 써 온 자기의 말을 강제로 금지당하는 것은
엄청난 모독일 테니까
그 무렵 나에게 '나라'라는 건
같은 말을 사용하는 사람들의 마을인 것 같았으니까

서랍이 많은 책상의 칸칸이 다른 서랍마다

이름이 다른 일기장을 고이 넣어 두고 싶었어
다른 요일에 어울리는 다른 이름을 가진 일기장들이
차곡차곡 들어 있는 책상을 가질 수 있다면
누가 뭐래도 행복할 것 같았지

그때 내가 꽂혀 있던 문장은 유명한 사람의 것이 아니었어
어디서 읽었는지 기억나지도 않지만,
월요일의 일기장에 제일 먼저 써 둔 말
― 모든 존재가 그 자신만의 존재 이유를 갖고 있다

'존재'라는 말도 '존재 이유'라는 말도 그땐 아마 어려웠겠지만
나는 이 말을 사랑했어 이름이 다른 모든 요일의 일기장
맨 첫 장에 또박또박 큰 글씨로 써 두었지

아무것도 안 하는 날

- 시 놀이

1

누가 그래?
뭔가 꼭 해야 하고, 뭔가 꼭 되어야 인생이 의미 있어진다고?

아무것도 안 하는 게
나쁜 짓을 하는 것보다 훨씬 나은 거 아냐?

아무것도 안 되는 게
힘 센 뭔가 되어서
남 해치고 울리는 못된 짓 하는 것보다
훨씬 예쁘지

실험해 봐
아무것도 안 하는 게 얼마나 어려운 일인지
금방 알게 될 거야

오늘 하루 아무것도 안 했다면
엄청 어려운 일을 해낸 거야!

2

시도 그래
아무것도 안 하기와 비슷해

격렬히
아무것도 안 한 만큼
찬란하게 피어나지

아무것도 안 해서
안 하도록 해서
세상의 평화를 꿈꾸지

2부
넘어지면 하늘을 보자

그해 여름 은어라는 물소리가 있었다

섬진강에 놀러가서 내가 처음 손바닥에 쥐어 본 물고기
감촉에 깜짝 놀라 주춤한 사이 후둑, 튀어 물속으로 사라진
은어에게선 수박 냄새가 났다
희끗한 그 냄새가 신기해 빈 손바닥에 코를 대 보았다
역시나 수박 냄새였다

물고기에게서 과일 냄새가 나다니!
그 뒤로 한동안 꿈속에 강물이 흘렀다
강가에서 나는 귀를 잔뜩 기울여 물소리를 만졌다

내가 만진 물방울 소리들을 한 줄로 꿰어
실뜨기 같은 걸 하면서 꿈속 강변을 돌아다니다 깨면
손바닥에서 희미한 수박 냄새가 풍겼다

듣는다는 게 소리를 만지는 일과 다름없다는 걸
그해 여름 강가에서 알았다
세상의 모든 소리들이 저마다의 향기를 가졌다는 것도

우울한 날의 처방전

잠잔다
도둑 잠 말고
"나 오늘 열라 우울하니까 푹 자야겠어요. 방해하지 말아 줘요."
당당하게 말해 놓고
잠잔다

이런 날은 옆으로 누워 구부린 무릎을 팔로 끌어안은 자세가 좋
다
몸을 둥글게 말아 씨앗처럼 단단해진 느낌
엄마 배 속에서 세상을 궁금해하며 평온하게 잠자던 그 느낌

씨앗잠
태아잠
푹 자고 일어나면

싹 틔우고 싶은 내가 명랑한 얼굴로 안녕? 할 거다
태어나서 기쁜 내가 해맑은 얼굴로 오늘의 기지개를 켤 거다

꽃이 날아간다

좋아하는 꽃 있어?
— 꽃은 다 좋아. 꽃이잖아.

싫어하는 꽃이 진짜 하나도 없어?
— 눈물자국처럼 지는 꽃은 싫어.

그 후로 나는
지는 꽃이 눈앞에 있으면
'진다'와 '눈물자국'을 재빨리 지우고
'날아간다'를 불러낸다

저기 봐, 꽃이 날아간다!

네가 웃는다, 눈물 없는 얼굴로 환하게

나팔꽃 담장

드디어 피어나기 시작했어
내가 매일 물 주는 나팔꽃 화분
오늘은 세 송이!

아침부터 보랏빛 나팔 소리가 장난 아니야
힘차고 맑은 나팔 소리에 잠에서 깼다니까!

우리 집에 올래?
나팔 소리 들으러?

기다리던 꽃이 드디어 핀다는 건
기다리지 않았는데 피어난 꽃과
아주 많이 다른 것 같아

좋기야 둘 다 좋지만
마음이 말할 수 없이 환해지고 들썩이는 건
기다리던 꽃!

내가 너를 기다리는 마음도 비슷해

네가 환할 때
내가 마구 좋다

감자가족

텃밭에 심은 감자를 캐러 가족이 모였다
영차, 바구니도 준비했다

감자 한 포기마다 달려 올라오는
큰 감자, 조금 작은 감자, 아주 작은 감자
둥글둥글 감자가족들

― 감자는 못생겼는데도 예뻐. 동글동글해.
― 야, 못생겼는데 예쁜 게 어딨어?
― 봐봐, 못생겼는데 예쁘잖아.

윤이 말이 맞았다 꽃도 나비도 아닌
둥글둥글한 감자는 분명 못생겼는데
이상하게도 예뻤다

모나지 않고 둥글둥글해서 예쁜가?
오순도순 함께 모여 살아서 예쁜가?
뭐든 잘 들여다보면 세상에 원래
못생긴 건 없는 건가?

화려한 과일과 비교하면 못생겼지만
감자만 보면 예쁜 게 틀림없는,
나도 비슷하다
감자 한 포기 캐고 앉아
예쁨을 철학 중인 내가 나는 좋다

동구 안팎

어여 가라,
손등과 손바닥이 반반씩 보이는
외할머니 손짓

가라면서 마치 오라는 것 같은
그 손짓 때문에
엄마는 곧장 출발을 못 하고

가라면서 실은 오라는 마음 때문인지
할머니도 집으로 곧장 못 들어가고

그렇게 한참이나 동구에
우리 차는 서 있다가
겨우 출발했다

일 년에 세 번 가는 외갓집
엄마와 할머니처럼
언젠가 나와 엄마도
비슷하게 될까

어여 가라, 하면서도 보내기 안타깝고
어서 들어가, 하면서도
조금 더 지켜보고 싶고

낭만소년의 달리기

밤에 운동장을 달렸다
슬아가 좋아하는 그 가수처럼 나도
근육이 좀 있어 줘야 하기 때문이다

달리기 하는 내 모습이 멋있어 보이는지
달이 자꾸 따라왔다

일부러 천천히 걸으면 생글생글
빨리 달리면 방글방글 따라왔다

슬아도 달처럼 날 좋아하면 좋을 텐데
체육시간에 내가 암만 멋지게 달려도
슬아는 나를 본 척 만 척한다

날 좋아해 주는 달님아, 고맙긴 한데
슬아한테 가서 내 마음 좀 전해 주라
난 너보다 슬아가 천배는 더 좋단 말이다

달밤

"왜 네 빛은 나만 비추지 않는 거야
왜 나만 사랑하지 않는 거야
왜 외간 것들에게도 웃어 주는 거야
왜 모두에게 다정한 거야"

이렇게 투정하던 내 마음이
"괜찮아 네가 거기서 빛나고 있는 것만으로 충분해"
이렇게 바뀌는 동안

이 변화가 아마도 나의 성장
통증은 있었지만 퍽 괜찮은 성장

대가를 바라지 않고 무한히 너를 아끼는 기쁨을 알게 된

너를 사랑한 힘으로 어느새 나도 보름달처럼 환해졌다

내 말들은 다 어디로 사라졌나

요즘 친구들과 주로 무슨 이야기 해?
밥 먹다가 엄마가 물었는데 이상하게도
내 머릿속이 하얘지면서 해 줄 말이 없었다
나는 분명 학교에서 많은 말을 하고 사는데
게임, 연예인, 요즘 핫한 티비 프로그램⋯⋯
나름 유행에 뒤떨어지지 않는 관심사를
계속 이야기하며 사는데
이상하다, 왜 기억에 남는 말들이 없지?

쉬는 시간 짬짬이 나눈 말들은 다 어디로 갔을까?
우리는 대화를 한 걸까?
공부 스트레스를 날려 버릴 가벼운 흥밋거리들
게임이나 연예인 이야기라는 게 아무리 열 올려 봤자
벽 너머 벽이 선택해 보여 주는 남의 이야기일 뿐
나와 너의 이야기가 아니기 때문일까?
나는 언제부터 이렇게 남의 이야기만
구경꾼처럼 떠들게 된 걸까?

많은 말을 하며 지내지만 정작 기억에 남는 말이 없는,
초라하게 텅 빈 서랍을 들여다보고 말았다

교과서가 맛있어지면 좋은 이유

맛나게 먹어치워

배 속으로 몽땅 들어가 버리면

더 이상 암기하지 않아도 된다

배불리 먹고 난 후

맘껏 뛰어놀면 된다

진짜 공부는

그 다음부터

하고 싶은 사람만 하면 된다

오늘의 일용할 시

하루 종일 화가 나 있었다
왜인지 모르겠다
그냥 마음이 무거웠다
무거운 마음을 꿍꿍 눌러 놓았더니 더 무거웠다

엘리베이터를 기다리는 1층 현관 옆
'우리 아파트 게시판'이 깨끗해져 있었다
아침엔 분명 안 이랬는데 누가 만들었는지
'오늘의 시'라는 코너가 생겨나 있었다

민방위훈련, 소방훈련 방법, 우리아이영재교육, 대입작전 디데
이…… 국어영어수학 홍보전단이 덕지덕지 붙어 있던 게시판인데
과외와 학원 홍보지가 싹 사라지고
공동주택 관리에 필요한 문구만 남아있다
그리고 딱 이것, '오늘의 시' 코너

"그랬구나.
답답했구나.
힘들었겠다.
토닥토닥"

갑자기 울컥했다
하루 종일 내 속에서 울그락푸르락 체한 것처럼 무겁던 화가
스르르 녹아내리는 기분이었다

날 위해 써 놓은 게 아닐 텐데도
그랬다

저런 게 시인지는 모르겠지만,
다른 사람의 마음에 말을 걸려는 마음을
사람들은 시라고 여기는 것 같다
오늘은 아무튼
'오늘의 시'에서 위로받은 날이다

오늘의 일용할 시 2

씻고 침대에 누웠는데 말똥말똥했다
시라니! 하하!
괜히 웃음이 났다

며칠 지나면 과외나 학원 홍보지로 다시 도배되겠지,
그런 생각이 들자 잠이 더 안 왔다

영어 수학 내신대비 수능대비 뭐 그런 건
학교와 학원에서 보는 글자만으로도 충분하다 체하기 직전이란
말이다

'오늘의 시'는 곧 없어지게 될 거야……
나는 벌떡 일어났다 포스트잇과 펜을 찾아 내 마음을 적었다
(마음을 적었으니 나름 답시랄까? 흠!)
누군가 응원하면 지켜질지도 모르니까……
살그머니 나가 '오늘의 시' 코너에 포스트잇을 붙이고 얼른 올라
왔다

"오늘의 시, 짱!"

오늘의 일용할 문장

학교 도서관에 갔다
나 같은 소년이 도서관에 가는 이유야 뭐, 뻔하지 않은가
연애편지를 잘 쓰려면 커닝을 좀 해야 한다
(국어선생님이 그랬다 셰익스피어의 명성도 연애편지 때문에 생긴 거라고)

책들을 뒤적이다가 인생문장을 만났다!
이름도 얼굴도 열라 멋지게 생긴
비트겐슈타인이라는 철학자의 말이다

"천재는 용기다."

멋지다,
오늘부로 나는
사랑천재가 되기로 했다

편지고 뭐고
오늘 나는 너에게 직접 고백을 할 거다

우리 집에 왜 왔니

헐,
물을 걸 물어야지.

당근,
놀러 왔지!

(그럼 공부하러 왔겠어?)

나는 정말로 공부가 하고 싶다

나는 이제 정말로 공부가 하고 싶다
나는 나에 대해 공부하고 싶다
내가 뭘 할 때 행복한 아이인지
뭘 잘할 수 있는 사람인지
어떻게 살고 싶은지
뭘 하면서 살면 나도 내 주변도
함께 즐겁게 살 수 있을지
내 속에 어떤 꿈들이 있는지
학교 공부는 나에 대해 알 기회를 주지 않았다
나도 나에 대해 알 기회를 주지 않았다
나에 대해 내가 아는 게 이렇게도 없다니!
나는 나에 대해 알고 싶다
나를 둘러싼 세상에 대해 알고 싶다

나는 지금 진짜 공부에 대해 묻고 있는 중이다

학교에서

– 열다섯 살의 질문

평생 일하며 사는 사람들에게 일이 즐겁지 않다면 그 삶은 대체
뭐지?

공부하는 학생에게 공부가 즐겁지 않다면 그 공부는 대체 뭐지?

뭘 하든 즐거워야 할 거 같아
좋아야 할 거 같아
그래야 힘들어도 계속할 수 있지

재밌게 할 수 있는 공부를 찾아 떠나야 할까?

남아서 좀 더 기다려 봐야 할까?

질문의 방법

"나는 어떻게 살고 싶은가?"
이것에 대해 생각하자

'어떻게'에 대해 질문하지 않으면
어느 순간 나를 잃어버리지

'어떻게'가 실종되면
누군가 나를 비싼 값에 사 주기를 기다리는
스펙모음인간이 되어 버리기 쉽지

경쟁력 높은 상품이 되기 위해
자기계발에 중독된 청춘은 슬프다

"인간은 왜 사느냐"고 모호하게 묻지 말고
"나는 어떻게 살 것인가"라고 묻자

'어떻게'는 나에 대한 질문,
나다운 나를 지키는 정면 승부의 질문

꽃밭에서

공부를 잘하는 것도 하나의 재능
축구나 야구를 잘하는 것도 하나의 재능
노래를 잘하는 것도
춤을 잘 추는 것도
그림을 잘 그리는 것도
글을 잘 쓰는 것도
아이들을 좋아하는 것도
남의 말을 잘 들어주는 것도
요리를 잘하는 것도
개나 고양이의 말을 잘 알아듣는 것도
별 보는 걸 좋아하는 것도
자동차 조립을 잘 하는 것도
씨앗 심고 식물 가꾸길 좋아하는 것도
화난 사람을 잘 웃게 만드는 것도
모두 하나의 재능이다

저마다의 재능이 인정받고 응원받아
행복하게 일할 수 있고
좋아하는 일로 생활도 할 수 있는
그런 꽃밭 같은 세상은 영영 없는 걸까

규격 맞춘 몇 가지 꽃만
길러 파는 꽃 공장 말고
저마다 다 다른 꽃들이
저 좋은 대로 피어나 서로 응원하는
드넓은 들판 향기로운 세상

내가 어린 소녀였을 때

내 꿈은 '좋은 사람'이었어
대통령, 과학자, 판사, 의사, 교수, 이 정도는 되어야 꿈이라고 여겨질 때
고작 '좋은 사람'이라니
그때 나는 뭔가 되어야 한다는 게 귀찮았던 것 같아
그럴듯한 직함이 있는 성공이라는 게
지루해 보였나 봐
뻔한 직업을 가진 사람들보다
하늘을 날수 있는 피터팬과 웬디가
끊임없이 탐험을 떠나는 톰소여가
무인도를 모험하는 십오 소년이
알프스의 소녀 하이디와 페터가
내 가슴을 훨씬 두근거리게 했거든
대통령도 판사도 그 앞에선 다 시시했거든

어른들이 말했지 꿈을 크게 가지라고
그래서 꿈을 좀 키워 봤어
밤하늘에서 늘 보는 북두칠성과 오리온
거기를 왔다 갔다 하면서 베드민턴을 치고 싶었어
내가 좋아하던 책 속 주인공들과 달이나 목성쯤에 가서

끝없이 이야기가 샘솟는 예쁜 마을을 만들고 싶었어

꿈을 구체적으로 적어라 그래야 성공 확률이 높다
이번에는 선생님들이 자꾸 구체적인 꿈을 적으라기에
고민하다 어느 날부터는 이렇게 적기로 했어
사람보다 구체적인
'좋은 사람'

종이봉투 잠옷

내 친구들이
보송보송 레이스 잠옷을 입고 잔다기에
나도 입고 싶었을 뿐이야

겨울 내내 잠옷 타령을 했지만
엄마는 대꾸 없이 종이봉투만 접었어

봄이 와서 비탈골목 매화나무에
연분홍 꽃이 눈부시게 피었을 때
엄마가 보송보송한 원피스를 사 왔어
— 입다가 낡으면 잠옷을 하든지 말든지.

겨울 내내 자르고 접고 풀 붙이던
엄마의 손가락이 꾸었을 꿈
종이봉투 원피스가 바스락거렸어

매화꽃 단추를 채워 주는 엄마의 손끝에서
세상에서 제일 글썽글썽한 봄이 피어났어

넘어지면 하늘을 보자

끝없이 푸른 하늘을 보면
괜히 좋았다

하늘 향해 깊이 숨을 들이쉬고 내쉴 때
내가 누군가를
깊이 그리워하고 있다는 느낌……

내가 그리워하는 게
미래의
나일지도 모른다는 느낌……

그리움이 힘이 되었다
그리움이 길이 되었다

가 본 길보다 안 가 본 길이 훨씬 많은
푸르른 하늘이다

넘어지면 하늘을 보자

3부
하늘나라 우체국

노랑리본 약속

슬픔을 잘 품을 테다, 더 강해질 거다

그날을 기억하는 우리 모두는

살아남은 사람들

나와 내 친구들은 무럭무럭 자라서

어른들의 세상을 바꿀 거다

다른 세상을 만들 거다

아이들이 가엾게 죽지 않는 세상

힘없는 사람들을 함부로 대하지 않는 세상

돈보다 생명이 먼저인 세상

2014-0416-304

하늘나라에 새로 생긴 우편 번호

하늘나라 우체국은 〈연중무휴〉

언제든 편지를 부칠 수 있습니다

가끔은 먼저 편지가 보내져 오기도 할 거예요

첫눈
이슬비
봄꽃
하늬바람
오늘 처음 발견한 별

세상 모든 곳에서
반짝이는
나들

기억할게요
세상이 조금 더 나은 곳이 되도록

노력할게요
내가 조금 더 나은 사람이 되도록
약속할게요
친구들 몫까지 잘 살아 낼게요

꿈꾸는 교실

– 민주주의에 대하여

1

사랑을 위한
자유를 위한
평화를 위한

싸움이다, 민주주의는
사는 동안 계속 꾸어야 할 꿈이다

사람이 동물보다 아름다울 수 있는
거의 유일한 순간들이
꿈이 반짝일 때니까

동물은 약육강식의 법칙으로 살지만
꿈을 가진 인간은
꿈꾸기의 아름다움으로 사니까

강자만이 살아남는 게 동물세계라면
약자도 살게 하는 게 인간세계의
꿈이다, 민주주의다

2

강자의 힘에 복종하지 않는다
약자를 억압하지 않는다

그 무엇도 나를 지배하지 못하게 하며
나 역시 그 누구도 지배하지 않는다

오직 나로서 자유로운 내가
오직 너로서 자유로운 너와
함께 사는 세상

약육강식에 대한 단호한 저항이
인간세상의
아름다움이다, 민주주의다

어른들에게 고함

"너는 뭐가 되고 싶니?" 어른사람이 물었습니다
"정말 궁금해서 물어 보시는 거예요?" 내가 물었습니다

나는 정말 진지하게 궁금했습니다
너는 뭐가 되고 싶냐고 물어 오는 어른들이
정말로 나의 미래를 염려하거나
응원할 마음이 있어서 묻는 것인지
습관적으로 묻고 몇 마디 훈계를 하고 응 그렇구나 하고 잊어버
리고 말 걸
도대체 왜 물어보는지

만약 내 미래를 정말로 응원해 주고 싶다면
질문이 바뀌어야 하는 게 아닐까 싶습니다
뭐가 되고 싶은지를 묻는 게 아니라
"너는 무엇을 좋아하니?", "너는 뭘 할 때 행복하니?"
이렇게 말이죠

내가 뭘 좋아해서 그걸 하면
하라는 공부 안 하고 한눈 판다고 야단이나 칠 거면서
어른들이 듣고 싶은 대답이란 게 대개 뻔하다는 걸

그동안의 경험을 통해 나도 압니다
어떤 직업을 가지고 안정적으로 먹고 살 건지
세상 살기란 아주 만만치 않단다, 겁도 주겠죠

"너는 뭐가 되고 싶니?" 묻는 어른사람에게
"나는 꼭 뭐가 되어야 한다고 생각하지 않아요."
라고 답해 드립니다 내 꿈은
"인생의 모든 단계에서 행복하게 살기"
라고 명랑하게 말해 드립니다

내가 만약 대통령 후보가 된다면

한국의 십 대들은 한 번쯤 이런 생각 합니다
성적이 떨어져서 죽고 싶다고,
대체 그깟 성적이 뭐라고!
성적 때문에 죽고 싶다는 생각을 하게 되는
이런 현상이 정상입니까?
왜 목매며 모두 대학에 들어가야 합니까?
없는 집 아이들은 대학 때부터 빚쟁이가 되어야 하는
이런 나라가 나랍니까?
대학 안 나와도 행복한 삶을 꾸릴 수 있는
그런 나라를 만들어야 청년들 미래가 있는 거 아닙니까?
어차피 소위 명문대는 10퍼센트밖에는 못 가는데
10퍼센트 들러리 서 주느라 90퍼센트가
고등학교 3년을 책상물림 해 줘야 하는,
그러다 덜컥 진짜로 죽기도 하는,
대체 이게 뭡니까?

꿈에서 나는 어마어마하게 박수를 받았다
꿈에 취해 늦잠을 자 버린 통에
죽어라 뛰어 간신히 지각을 면했다
아슬아슬 교문을 통과했지만

웬일인지 전혀 쫄지 않았다
야망이 생겨난 아침이었다!

무슨 민주주의가 이래?

대통령 국회의원 그딴 자리 투표는 울 엄마아빠가 관심 갖는 게
당연하다 치고
나는 아직 자격 미달인 게 맞다 치고

교육감은 내가 속한 세상의 대통령이야
학교는 학생인 내게 가장 중요한 세상이야
내가 살아가는 세상의 대통령은 내가 뽑아야지

학교랑은 아무 상관없는 사람들
학교에 아무 관심도 없는 사람들이
왜 내가 살아가는 세상의 대통령을 뽑는 건데?

이건 정말 이상하잖아?
무슨 민주주의가 이래?
주인이라며?
내가 속한 세상의 중요한 결정을 주인인 내가 왜 못 해?

좋을 때

네, 낙엽이 굴러가는 것만 봐도 웃깁니다
아무 때나 빵빵 웃음이 터진다기보다
'바로 그때'라서 빵빵 터지는 겁니다
그 순간들이 정말 신기하고 재미나거든요
가지에서 막 떨어지는 나뭇잎들
바스락거리는 소리에 귀가 쫑긋,
떨어진 나뭇잎들이 굴러가면서
귀엽게 속닥거리는 소리가 들릴 때도 있습니다
지켜 주는 가지에서 떨어졌고
몸은 버석거리고
거리는 차디찬데도
저렇게 서슴없이 굴러가다니!
저렇게 해맑고 명랑하게! 이런 생각이 들면
나뭇잎이랑도 친구하고 싶어지거든요
같이 구르면서 빵빵 터지고 싶거든요
비장하게 떨어져도 유머로 굴러가고
슬픔으로 시작돼도 웃음으로 번져 가는
네네, 당글당글 당돌해서 좋은 때 맞습니다

자기소개

"강일고등학교 2학년 5반 김선우입니다."라고 말하지 않기로 했다

자기를 소개하는데, 왜 어느 고등학교 소속인지를 제일 먼저 밝히지?

"김선우입니다."라든가 "김선우입니다. 열일곱 살입니다." 정도면 되지 않나?
(열다섯, 열여섯, 열일곱…… 내 이름과 나이를 말할 때면 나는 늘 두근두근거리니까)

어느 단체나 조직에 소속돼 있다고 자기를 소개하는 건
자존감이 없어 보여서 별로다

내일은 새로 가입한 청소년 사진동아리 첫 출사가 있는 날
나는 사흘을 고민해서 만든 자기소개 문구를 가슴에 잘 간직했다 거울 앞에서 예행연습도 해 보았다 (뭐, 몇몇은 오글거린다고도 하겠지만, 상관없다, 나는 나에게 정직하면 되니까)

"내 이름은 김선우. 2000년에 태어난 지구인입니다. 대한민국이

고향입니다. 지구 위의 아름다운 풍경들을 내 사진에 담고 싶습니
다."

미지의 너에게

너를 그리워 해

공기가 없으면 살 수 없는데
공기를 볼 수는 없는 것처럼

미지의 너를 그리워 해

너는 지금도 내 곁에 있지
앞으로도 있을 거고

네가 보이지 않더라도
내가 사는 이유

그리워하기 때문이야

하지 않을래

외로워질까 봐
비겁해질 뻔했어

비겁해지면
진짜로 외로워진다는 걸
이제 알겠어

싫은 건 그냥
싫다고 할래
이젠

하고 싶지 않은 건
하지 않겠다고
말할래

나의 야망

― 사과나무 과수원에서 개미들을 보았어요

빨강 야생사자와 무지개 색 별들이 올해의 사과 맛에 대해 나누는 대화 엿듣기.

주렁주렁 사과를 매단 사과나무가 아기 사과들에게 불러 주는 자장가 듣기.

사과나무 밑 개미들이 땅속 개미굴에 새겨 놓은 맞춤형 생일카드 문장들 해석하기.

이런 게 하고 싶으니 내 꿈은 시인이나 소설가가 되는 것이지만,

부모님은 나에게 공무원이 되라고 한다

먹고살기 얼마나 어려운 세상인데 철딱서니 없이 시인 소설가라니! 구박한다

내가 결국 공무원 시험을 준비하게 되더라도

어른들이 말하듯 먹고살기 편한 안정된 직장이기 때문인 건 싫다!

그래도 한때 시인이 꿈이던 소녀 아닌가?

나의 야망 : 나는 개미 같은 공무원이 되겠다!

사과 한 알 한 알에 적합한 생일카드 문장을 찾기 위해

사과나무 밑둥치부터 우듬지까지 부지런히 오가며

어린 사과들을 직접 방문하는 개미들을 보았기 때문이다

사과 한 알 한 알의 성격, 이름, 특기, 슬픔과 기쁨, 희망과 절망을 정성들여 다 들어주고 각각의 사과에 적합한 응원 문구를 사과나무 밑 개미굴에 빼곡하게 적어 놓은 개미들을 보았기 때문이다

안녕, 주인공!

안녕, 주인공!
내가 제일 좋아하는 아침 인사야

옛날 어떤 스님이 그랬대
매일 아침 자기에게 "주인공!" 하고 부르고선
"예!" 하고 자기가 대답했대
"깨어 있어야 한다! 예! 남에게 속아선 안 된다! 예!"

이 이야기를 듣자마자 심장이 쿵쾅쿵쾅 뛰었어
안녕, 주인공!
나는 나만의 색깔과 향기를 가진 주인공
나는 나답게 살면 되는데
왜 남들에게 인정받으려고 그렇게 눈치 보며 살았을까
나는 나만의 아름다움을 꽃피우면 되는데
왜 모두에게 칭찬받고 싶어서
그렇게 안달복달했을까 등수, 등급, 성취도, 외모
남들의 평가에 왜 그렇게 목맸을까

안녕, 주인공! 나에게 인사한다
나만의 빛깔과 향기로

나는 나를 꽃피울 거다 활짝 꽃피어
내 곁의 이웃들을 향기롭게 할 거다

안녕, 주인공!
나는 내 삶의 주인공이다
안녕, 주인공!
너는 네 삶의 주인공이다

* 〈무문관〉. 서암스님 일화.

나의 한 달

한 권의 책을
한 곡의 음악을
한 점의 그림을

깊이 읽고 듣고 보고
느끼고 생각하고 꿈꿀 수 있는

그런 한 달을 살 수 있다면

세상에 끌려가는 것이 아니라
세상을 누리는 삶을 살 수 있지 않을까

한 달을 그렇게 살 수 있다면
그런 한 달이 모인 일 년은 퍽 근사하지 않을까

한 달에 책 한 권이 그리 어려운 일도 아닌데

경청

눈이 내린다

첫눈이다

귀를 열었다

듣는다

들린다

끄덕이며

다시 쓴다

눈이 오신다

새로운 아이

너를 이겨야만 내가 거길 갈 수 있다면
나는 그냥 너의 손에 예쁜 꽃 한 송이 건네주고 딴 데로 갈래

경쟁해 누구를 이겨야만 뭔가 할 수 있다면
그런 경쟁력이 힘이라면
나는 그런 힘 안 가질래

어쩔 수 없이 상대를 미워하고 질투하게 될 텐데
내 마음을 그런 데 낭비하고 싶지 않아

세상을 너무 모른다고
부모님도 선생님도 나를 걱정하지만,

나는 나를 위한 길을 가려는 거야
비교하고 경쟁해서 누구를 이겨야 하면
얼굴로는 웃어도 마음은 그렇지 않을 텐데
난 그런 거 슬퍼서 싫거든

경쟁하지 않으려는 것 자체가 나약한 거라고
인간은 정당한 경쟁을 통해서 성장하는 거라고

많이 배운 어른들이 멋있어 보이는 말들을 하지만,

다 필요 없고 나는 그냥
비교 없이 경쟁 없이
사랑하면서 살래

우리들의 푸른푸른 말하기

말하면서 친구가 되어가는
말하면서 느낌이 많아지는
말하면서 꿈이 소중해지는
말하면서 오늘이 따뜻해지는
말하면서 기분이 좋아지는
말하면서 무언가 배우는
말하면서 마음이 시원해지는
말하면서 질투가 사라지는
모르면 경쟁상대일 뿐일 텐데
말하면서 너가 되어가는
남이 아닌 친구가 많아지는
말하면서 잿빛구름방패가 분홍구름모자가 되는
말하면서 꽃씨가 심장으로 날아오는
말하면서 나와 다른 세상이 점점 더 많아지는
끄덕이며 이해하며 존중하며
점점 더 보드라워지는
푸른 나무들의 푸른푸른 귀

푸른 잎 우산 아래 푸른 빗방울처럼

어릴 적 잠깐 시골에서 살았기 때문인지
딴 땐 아무렇지 않다가도
비가 오면 시골이 그립다

시골집 마당에 비 떨어지기 시작하면
엄마가 커다란 푸른 잎사귀를 내 머리에 씌워 주었다
어린 나는 엄마 손을 잡고 비 마중을 나갔다

푸른 잎 우산 쓰고 비 마중 갈 땐 꼭 맨발이었다
토토토토 귓가에 잎사귀 소리…… 발등에 떨어지는 빗방울 소
리……
발바닥 간질이는 흙의 느낌 모두 엄청 좋았던 기억

나중에 엄마에게 물어보고 알았다
내가 쓰고 놀던 푸른 우산이 토란잎이었다는 걸

활짝 펼친 아빠 손처럼 크고 윤기 나는
토란잎 우산을 쓰면 토토토토……
세상이 금방 푸른 빗방울 소리로 가득했다

시로 한 걸음

한 걸음은 바로 여기,
'보다'와 '관찰하다'
둘은 많이 달라요

여기 물병이 하나 있어요
10분 동안 이 물병을 당신 눈앞에 놓아 둘게요

물병에 묻은 먼지 한 톨, 아주 미세한 흠, 그 흠에서 울려나오는
여린 노래, 누군가의 지문, 지문 속 회오리바람, 공기방울, 웃음방
울, 눈물방울, 작은 방울새가 꼬옥 찍고 간 발자국 같은 거, 물 한
모금 마셨어 고마워 잊지 않을게 또 올게 이런 방울새의 말 같은
거, 그냥 보면 안 보이는 그거, 그냥 보는 것 너머에서 빛나는 바로
그거

잘 관찰한다는 건
사랑하기 시작했다거나
사랑할 준비가 되었다는 것이죠

수련

며칠 전 미술교과서에서 모네의 수련을 봤다
어제는 신문에서 모네의 수련을 봤다
오늘은 구립도서관 게시판에서 모네의 수련이 한국에 왔다는 전
시 소개를 봤다

나는 갸우뚱한다, 전부 모네의 수련인데
뭐야, 그림이 왜 다 다른 것 같지?
인터넷을 뒤졌다 도서관을 뒤졌다
헉, 모네는 평생 수련그림을 250점이나 그렸다고 한다
그 그림들이 전부 모네의 수련이니 내가 헷갈릴 수밖에

그런데 왜? 왜!
아, 그렇구나, 사랑했나 보다
최고로 사랑했나 보다

모네의 수련 덕분에 갑자기 알게 되었다
나도 그런 풍경을 가지고 싶다는 걸
너여도 좋고 꽃이어도 좋고 나무나 동물이어도 좋고
평생 계속 그리고 싶은 그 누군가를 가지고 싶다는
또 하나의 꿈이 생겼다

빛에 대해 쓴다고 말하는 것은 아마도

지구의 문틈을 조금씩 열면서 새어 들어오는 것 같은
조용한 새벽빛이 좋다
수줍게 조금씩 들어와서
까르륵 명랑해지는 아침빛이 좋다
하루 동안 온 사방 골고루 분주하고 씩씩하게 돌아다니다가
아함, 고단해, 에고 이제 졸려라……
다시 조용해지는 것 같은 저녁빛이 좋다

아침과 한낮과 저녁의 빛
봄과 겨울과 가을과 여름의 빛
잠들기 직전과 잠 깬 직후의 빛
모든 순간에 다 다른 살아 있는 빛의 리듬……

사람에게서도 빛이 난다고 한다
살아 있는 모든 생명체엔 다 다른 빛이 있다고 한다

내게서 나오는 빛이 따뜻하게 너의 어깨를 토닥여 주면 좋겠다
  웃고 울고 말하는, 너에게서 나오는 모든 빛을 내가 그렇게 느끼
듯이

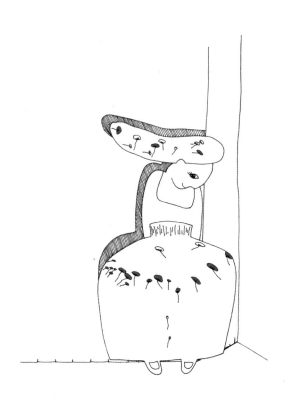

벗들에게

그런 날 있지 않나요?

학교, 학원, 집, 학교, 학원, 집…… 종일 정신없이 바쁘게 살다가 문득 "내가 왜 이렇게 열심히 사는 거지?" 싶어질 때.

모든 것을 딱 멈추고 아무것도 안 하고 싶어질 때.

마음이 먼저 일렁이다가 어느 날 정말로 한두 시간 딱 멈추어 보면, 뜻밖의 선물들을 발견하게 됩니다. 아무 생각 없이 그저 열심히 앞만 보고 달려갈 때는 존재하는 줄도 몰랐던 많은 것들이 보이고 들리는 경험을 하게 되지요. 늘 지나치던 등하교길 은행나무가 어느새 저토록 눈부신 초록인 걸 알게 되고, 어려서부터 가지고 놀던 손때 묻은 인형의 왼쪽 어깨가 뜯어진 걸 뒤늦게 발견하기도 하고, 책장에 꽂혀 있는 줄도 몰랐던 책을 뽑아 들었다가 인생문장을 만나게 되기도 하고, 받아 놓고 잊어버린 친구의 메모를 뒤늦게 들여다보다가 괜스레 마음이 따뜻해지기도 합니다. "살아 있음! 나, 살아 있음!" "존재함! 나, 여기 존재함!" 이런 소리와 몸짓들이 나를 둘러싼 공간에 가득함을 느끼는 순간들은 역설적이게도 아무것도 안 하는 날들에 문득 찾아옵니다.

'해야 하니까 하는' 수동적 일상이 아니라 스스로 선택하는 시간이 많아질수록 삶은 생동합니다. 의무가 아니라 자유의지로 선택한 일상의 세목이 풍부해질수록 삶은 재밌어집니다. '아무것도 안 할 자유'를 누려 본 사람은 삶을 대하는 태도가 조금씩 달라집니다. '아무것도 안 하는 시간'은 내가 어떤 사람인지, 내가 좋아하는 것이 무엇인지, 내가 어떨 때 행복감을 느끼는지, '나 자신을 알아 가는' 공부의 시간이기도 합니다.

스스로에 대해 알지 못한 채 외부에서 규정해 놓은 시간을 그저 열심히 좇으며 살다가는 공부는 열심히 하는데 이게 정말 내가 원하는 것인지는 모르겠다는 자괴감 어린 현실에 결국 부딪히게 됩니다. 그런데도 많은 어른들이 자녀가 아무것도 안 하는 것을 불안해하지요. 시험을 비롯해 사회생활에서 낙오될까 두려워하며 그저 하던 대로 열심히 살아가라고 합니다.

기성세대는 어쩔 수 없다 하더라도 '주어진 대로 그저 열심히 살아가기'는 청소년 시절에는 결코 덕목이 되지 않습니다. 생을 즐기고 누릴 수 있는 능력을 다채롭게 키우고 자신만의 고유한 가능성을 발견하며 성장해야 할 시기에 창조의 능력을 고양하기는커녕 그저 열심히 무미건조한 일상의 노예가 되라고 다그치는 교육은 비겁한 겁니다.

'아무것도 안 하는 시간'의 확보는 낙오가 아닙니다. 내가 진짜 하고 싶은 것을 알아챌 수 있는 시간. 나와 연결되어 있는 많은 존재들을 진짜로 느끼는 시간. 자신에 대해 깊이 알아 가는 시간이고 창조와 자유를 위한 도움닫기 같은 시간이지요. 하루에 삼십 분이라도 아무것도 안 하고 가만히 멈추어 보세요. 타인이 규정한 시간이 아니라 나 자신의 시간을 사는 능력이야말로 생이라는 이름으로 살아 내야 할 정말 중요한 '할 일'이니까요. 삶의 기쁨에 대한 감수성이 그런 시간들 속에서 자라납니다.

또, 벗들에게

자녀 걱정을 하는 학부모들을 가끔 만날 때가 있습니다. 엄마 품에서 천사 같기만 하던 아이가 점점 골칫덩이가 되어 간다고 고백하는 부모들은 나름 절박합니다. 인터넷·TV·게임에 빠져 공부가 뒷전이거나, 학교와 학원을 오가며 열심히 공부하는 것 같은데도 그다지 성적이 좋은 것도 아니고 뭔가 산만하고 집중을 못 한다고 걱정합니다. 그러고 싶지 않았건만 어느 틈에 공부해라 학원 가라 잔소리하는 부모가 되어 버렸다고 한탄합니다.

그럴 때 저는 이런 제안을 하곤 합니다. 아이와 함께 놀러 가시라고. 산, 강, 바다 근처 어디든 좋습니다. 자연 속으로 가시라고. 인간은 자연 가까이에 있을 때 생명력의 회복이 가장 빨라지니까요.

흔히 부모들은 자녀와 함께 가는 여행에서도 욕심을 냅니다. 내 아이에게 견문을 넓혀 주겠다는 의욕으로 뭐 하나라도 더 많이 경험시켜 주겠다며 빡빡한 일정을 짭니다. 하다못해 맛집 투어라도 해야 직성이 풀립니다. '뭔가 했다'는 만족감이 자녀가 진짜 원하는 것인지에 대해서는 알 수 없는 채 말이지요. 어른들은 대개 '아무것도 안 하는 시간'이 필요해서 받은 휴가를 '뭔가 열심히 하는 것'으로 다시 채우려고 합니다. '무작정 열심히 살기'는 낙오에 대한 막연한 두려움으로 세상의 관습에 자기를 맞추려는 수동적 태도입니다. 잊지 마세요. 청소년 벗들. 어떤 생에도 낙오란 없습니다. 모든 생은 그 자체로 이미 완전합니다. '무작정 열심히'가 아니라 '내가 선택한 시간'을 열심히 살아야 하는 거지요.

저는 부모님들께 재차 강조합니다. 아이와 함께 자연 속으로 여행을 떠나시되, 부모님이 먼저 여행 일정을 짜는 일은 하지 마시라고. 아무 일정 없이 그냥 가시라고. 다만 한 가지, 인터넷·TV·스마트폰 없는 조건만 만드시라고. 대신 좋은 책을 몇 권 챙겨 가고 여행을 가서는 최대한 심심하게 지내 보시라고.

격렬히 심심해지면 아이들은 놀거리를 찾아내기 시작합니다. 판이 뻔한 대중매체의 오락물이나 컴퓨터게임을 수동적으로 소비하는 데 익숙하던 아이들이 이제 슬슬 뭔가 하자는 제안을 먼저 하기 시작합니다. "엄마, 우리 감자전 부쳐 먹을까요? 내가 감자 깎을까요?" 하기도 하고, 개미나 땅강아지를 관찰하는 것에 몰두하기도 하고, 구름을 스케치하며 바람을 느껴 보기도 하고, 바닷가에서 모래성을 쌓고 허물며 자신 속의 창조 본능을 북돋우기도 합니다. 세상 모든 것이 놀이가 될 수 있다는 사실을 발견해 가는 새로운 시간이 열리기 시작하고요. 부모가 챙겨 온 책들을 심심해서 뒤적거리다가 독서삼매경에 빠지기도 합니다. 노트를 펼쳐 뭔가 끄적거리며 뜻 모를 문장을 적어 보기도 하고요.

아무것도 하지 않아서 할 게 많아지는 시간. 이런 순간들이야말로 인간의 창조력에 깊이 관여합니다.

자신의 삶을 주체적으로 선택하고 누릴 줄 아는 개인은 이런 훈련을 통해 출현합니다. 어쩔 수 없이 해야만 하는 것으로 여겨지는 수동적인 시간에 브레이크를 걸고, '나의 시간'을 호출하는 능력. 적극적으로 '아무엇도 안 하는 시간'을 누릴 수 있는 능력은 자유에 대한 감각을 고양하는 과정이기도 합니다.

시 놀이에 대하여

같은 맥락에 시를 놓아 봅니다.

시를 쓰는 일은 누가 내게 강제한 일이 아닙니다. 쓸 수도 있고 안 쓸 수도 있습니다. 완전히 자유로운 선택의 상황에서 나는 씁니다. 그렇게 출현하는 것이 바로 시라는 것. 시는 곧 자유라는 것. 자유의 인간은 시적 인간이기도 하다는 것. 시적 인간은 주체적인 자기 시간의 운용자라는 것.

시도 그래
아무것도 안 하기와 비슷해

격렬히 아무것도 안 한 만큼
찬란하게 피어나지

아무것도 안 해서
안 하도록 해서
세상의 평화를 꿈꾸지

〈아무것도 안 하는 날 – 시 놀이〉 부분

'뭔가 되어야만 하고 뭔가 해야만 한다는 강박'은 우리의 행복을 방해하는 질긴 덫입니다. 이런 합목적성의 태도는 승자독식이 아무런 반성 없이 성공이라 찬미되는 비윤리적 사회일수록 난무합니다. 과도한 목표지향 사회에서 개인은 생산성을 위한 부품으로 전락하기 일쑤고 자존감은 하락합니다.

더 나은 미래가 가능하려면 우리는 분명한 거절을 연습해야 합니다. 주어졌으니 살아갈 수밖에 없는 삶이 아니라, 할 수도 있고 안 할 수도 있는데 하거나 안 하는 삶이어야 합니다. 싫은 것은 분명하게 "NO!"라고 할 수 있으면 좋겠습니다. 과잉된 합목적성에 의한 인간통제와 규율 중심의 시스템이 아니라 자유로운 개인들의 따뜻하고 기쁜 연대를 통해 미래를 만들어 갈 것이라고! 시스템에 복종하며 노예로 길들여지는 삶이 아니라 더 나은 자유와 사랑의 연습을 통해 인간이 추구할 만한 가치가 있는 삶을 꿈꾸겠다고!

일상의 행복을 느끼고 누릴 수 있는 인간으로의 진화는 스스로 자기 삶을 선택하고 결정할 주체적 인간으로부터 출발합니다. 우리 청소년들이 자유로운 인간, 시적 인간을 보다 적극적으로 꿈꿀 수 있기를 바랍니다. 삶에 대한 낙관과 감사가 시작되는 자리도 거기입니다.

부디 기억하시길. 시스템의 속도가 과잉된 지금 같은 사회에서는, 아무것도 안 할 수 있는 사람이 무언가 할 수 있는 사람입니다. 아무것도 안 하는 시간은 나태하게 퍼져 있는 시간이 아닙니다. 관습적 규칙대신 자신만의 감각을 발견하는 시간입니다. 하루에 삼십 분이라도 아무것도 안 하기 연습을 해 보시길 바랍니다. 시적 존재가 되어 보시길 바랍니다. 비교와 경쟁의 자기 착취에서 벗어나 오롯한 나 자신으로 스스로를 만날 수 있는 시간을 회복하길 바랍니다.

자기 삶을 기쁘게 영위하며 더불어 사는 옆 존재들에게도 기쁨과 위로가 될 수 있는 다정한 우정의 세계를 꿈꿉니다. 경쟁과 정복과 수직 상승 욕망과 승자 독식의 악덕이 아니라, 서로 돌봄과 기쁨의 공유와 수평의 연대가 만드는 환희를 자기 삶의 에너지로 누릴 수 있기를 바랍니다.

"격렬히 아무것도 안 할 수 있는 힘"을 통해 '내가 진짜로 원하는 자신'을 찾아가는 연습을 차근차근 해 나가면 좋겠습니다. 오직 자유인만이 행할 수 있는 진짜 힘. 우리 모두는 그 힘을 가지고 있습니다. 그 힘을 자기 것으로 가져오려는 열망이 있고 자기 목소리에 귀 기울이며 연습을 해 가면 힘은 점차 강해집니다. 한 발 한 발 내딛는 연습 없이 한꺼번에 모든 것이 바뀌기는 쉽지 않습니다. 매일의 연습을 통해 자기 삶을 스스로 창조하려는 자유인, 단독자로서의 삶을 사시길 진심으로 응원합니다.

이런 연습은 "남들한텐 시시해도 나한텐 시시하지 않으니까! 이건 시다!"라고 당당하게 외칠 수 있는 한 걸음부터 시작합니다. 이 시집의 첫 시로 〈시시해도 시다〉를 놓고, 제목으로 〈아무것도 안 하는 날〉을 골라 놓은 이유를 헤아리시겠지요? 남들에게 시시해도 나에겐 중요한 것이라면 그것은 중요한 것입니다. 남들의 시선, 이미 만들어진 관습에 복종하지 않고 자신만의 세계를 만들어가는 벗님들을 응원합니다.

그리고 남은 말

드디어 숙제를 끝냅니다. 누가 하라고 한 것이 아니건만, 한 시대를 살아가는 한 사람의 작가로서 스스로에게 부과한 숙제였습니다. 스스로 선택한 것이었기에 힘들어도 계속할 수 있었습니다. 이 시집을 만나 힘을 얻는 벗들이 있다면 그때마다 노랑리본 자리가 조금씩 더 환해질 겁니다. 지상의 별들과 하늘의 별들이 서로를 응원하며 날마다 조금씩 더 생동하기를 기도합니다.

'시'라는 글의 향유 비밀에 관한 고백 하나

숙제를 마칠 무렵, 제 책상 위에는 백여 편의 청소년 시가 놓여 있었습니다. 이미 고백했듯이 (『댄스, 푸른푸른』 시인의 말) 작가로서 저에게 주어진 가장 어려운 과제의 팔부 능선을 지났을 때였지요. 이제 이 시들에서 절반쯤 덜어 내고 시집 한 권의 구조물을 최종 정리해야 할 단계였습니다. 청소년 시는 처음 써 보는 장르였고 매우 어려웠기 때문에 믿을 만한 감식안을 가진 분들의 피드백이 필요한 시점이었지요. 시집을 내기로 약속이 되어 있던 출판사 '창비교육'에 원고를 보내면서 몇몇 믿을 만한 벗들에게도 동일한 원고를 보여 주었습니다. 출판사 '단비' 대표도 그중 한 분이지요. 청소년 관련 양서를 꾸준히 내고 있는 신뢰할 만한 선배였기에, 좋은 시들을 골라 달라고 부탁했습니다.

백여 편의 시에 대한 피드백이 도착했을 때, 삼 년에 걸친 숙제의 결과물이 시집 한 권이 아니라 두 권이 될 수밖에 없음을 깨달았습니다. 동일한 원고에 대해 출판사 '창비교육'과 '단비'에서 골라 놓은 시편들이 단 5편만 겹치고 나머지가 모두 달랐기 때문입니다. 이런 결과가 처음엔 좀 당혹스러웠습니다. 문학 작품이란 게 워낙 독자의 취향에 따라

선호도가 달라지긴 합니다만, 동일한 시기에 쓰인 작품들에 대해 이렇게까지 극명한 취향 차가 있을 거라고는 예상하지 못했거든요. 여러 질문들이 떠올랐지요. 소설이라면 이렇게까지 편차가 있기는 어렵습니다. 그렇다면 이것은 시 장르의 특수성인가, 청소년 시라서 나올 수 있는 결과인가?

질문은 있으되, 쓴 사람인 저도 여전히 답을 찾지 못했습니다. 애초에 답 같은 게 있을 리 없는 세계가 '시'이니 더욱 그러하겠고요. 그러니 청소년 벗들도 마음 가는 대로 취향 따라 그저 맘껏 이 시편들을 즐기고 누리시길! '아무것도 안 하는' 어느 날, 저마다 다른 어떤 페이지를 펼쳐 놓고 저마다 다른 꿈의 발전소를 가동시키는 벗들을 상상합니다. 네, 향유! 그렇게 다 다르게 누리시면 됩니다. 다 다르게 꽃피면 됩니다.

2018년 여름
김선우